DERIB + JOB

YAKARI

Volumen 1

NORMA Editorial

YAKARI, VOLUMEN 1
Títulos originales: "Yakari et Grand Aigle" y
"Yakari et le Bison Blanc", de Derib y Job.
Segunda edición: Marzo 2011

Passeig de Sant Joan 7, 08010 Barcelona.
Tel.: 93 303 68 20 – Fax: 93 303 68 31.
E-mail: norma@normaeditorial.com
Traducción: Francesc Magrinyà.
Rotulación: Global Design Development
ISBN: 978-84-9847-808-2
Printed in China

www.NormaEditorial.com
www.NormaEditorial.com/blog
www.lelombard.com

Consulta los puntos de venta de nuestras publicaciones en
www.normaeditorial.com/librerias

Servicio de venta por correo: Tel. 93 244 81 25,
correo@normaeditorial.com, www.normaeditorial.com

YAKARI

YAKARI Y GRAN ÁGUILA

YAKARI
Y GRAN ÁGUILA
DERIB + JOB
LA NOCHE SE EXTIENDE SOBRE LAS PRADERAS. EN LA ALDEA SIOUX TODO ESTÁ TRANQUILO. HOY, LA CAZA HA SIDO BUENA...
UNA VEZ MÁS, YAKARI SUEÑA QUE SALE EN BUSCA DE SU AMIGO...

¡ERES CUMPLIDOR, YAKARI!
GRAN ÁGUILA... LA ÚLTIMA VEZ QUE NOS VIMOS ME PROMETISTE UNA SORPRESA...
CIERRA LOS OJOS.
¡MÍRALA!
¡!

¡SÚBETE ENCIMA!
...¡Y VUELA!
¡GRACIAS, GRAN ÁGUILA!

¡QUÉ SUERTE TIENES, GRAN ÁGUILA, DE PODER VOLAR A TU VOLUNTAD!
YA LO SÉ, YAKARI...
YAKARI, ESTA ES LA ÚLTIMA VEZ QUE ENTRO EN TUS SUEÑOS.
¿YA NO TE VOLVERÉ A VER MÁS?
SI DURANTE LOS PRÓXIMOS DÍAS TE ESFUERZAS EN PARECERTE A MÍ TANTO COMO PUEDAS, ME VERÁS OTRA VEZ.
TENGO QUE PARECERME A GRAN ÁGUILA.
SI CIERRO LOS OJOS, A LO MEJOR...
¿YA ESTÁS AQUÍ, GRAN ÁGUILA?
NO, ES TU MADRE, QUE ESPERA QUE VAYAS AL RÍO A POR AGUA.

!
GRAN ÁGUILA ES UN GRAN CAZADOR.
¡CHOF!
¡CUAC, CUAC!
YAKARI TODAVÍA NO SE PARECE A GRAN ÁGUILA.
!

UN POCO DE CARRERI-LLA...
¡Y ME ELEVO...!
...¡EEEEH!
¡CHOF!
¡CUAC, CUAC! ¡CUAC!
¡HAN DESPLUMADO A MUCHOS POR MENOS DE ESO!
¡ES REALMENTE DIFÍCIL INTENTAR PARE-CERSE A GRAN ÁGUILA!

¿ACASO SABE OJO DE BURBUJA LO QUE HAY QUE HACER PARA PARECERSE A GRAN ÁGUILA?
¿EHHH?
CUANDO OJO DE BURBUJA DUERME, OJO DE BURBUJA DUERME.
¡YAKARI!
¡ARCO IRIS!
¡YAKARI, MIRA!
¡OH! ¡UN CACHORRO DE PUMA!
AU...
¡MIAU!
¡CÓGELO, YAKARI!

¡POCO ARRANQUE, PÁRALO!
¿CÓMO?
¿QUÉ?
¿POR DÓNDE HA HUIDO?
GRRR
GROAAARR

GRRR
ROOAR
¡AYÚDAME!
¡SUÉLTALA!
PAF
¡MIAU!
¡KAY! ¡KAY! ¡MIAU!
¡MIAU!
¡DE BUENA NOS HEMOS LIBRADO!

A LA MAÑANA SIGUIENTE...
PADRE, ¿QUÉ HAY QUE HACER PARA PARECERSE A GRAN ÁGUILA?
HIJO MÍO, AHORA NO ES MOMENTO PARA PREGUNTAS. LOS HOMBRES SE DISPONEN A CAPTURAR EL CABALLO SALVAJE.
¿ADÓNDE VAS, SEMILLA DE BISONTE?
¡VEN, YAKARI! SÉ DÓNDE ESTÁN LOS CABALLOS SALVAJES LLENOS DE FUEGO.
¡MÍRALOS!

¡ALLI!
ENCERRARÁN A LA MANADA Y LA CONDUCIRÁN HACIA EL DESFILADERO.

YAARR!
YEAH!
ARR!
ARRR!
ARR
YEAH!
ARR!
YARRR!
YAP! YAP!
ARR!
CAPTURARÁN ENSEGUIDA A LOS CABALLOS.
¡ALLÍ! ¡UN CABALLO SALVAJE SE ESCAPA!
FLECHA DEL BOSQUE IRÁ A ATRAPARLO...
¡PERO SI ES HIJO DEL TRUENO!
ESTA VEZ NO TE VAS A ESCAPAR DE FLECHA DEL BOSQUE.
?

!
LOS CABALLOS YA ESTÁN CERCADOS. ¡VAYAMOS A VERLO!
¿E HIJO DEL TRUENO?
¡OTRA VEZ HA SIDO EL MÁS LISTO!

¡YA ESTÁN DOMANDO A LOS CABALLOS SALVAJES!
EL CABALLO HA ENCONTRADO A SU AMO.
¡AHORA ME TOCA A MÍ!
!

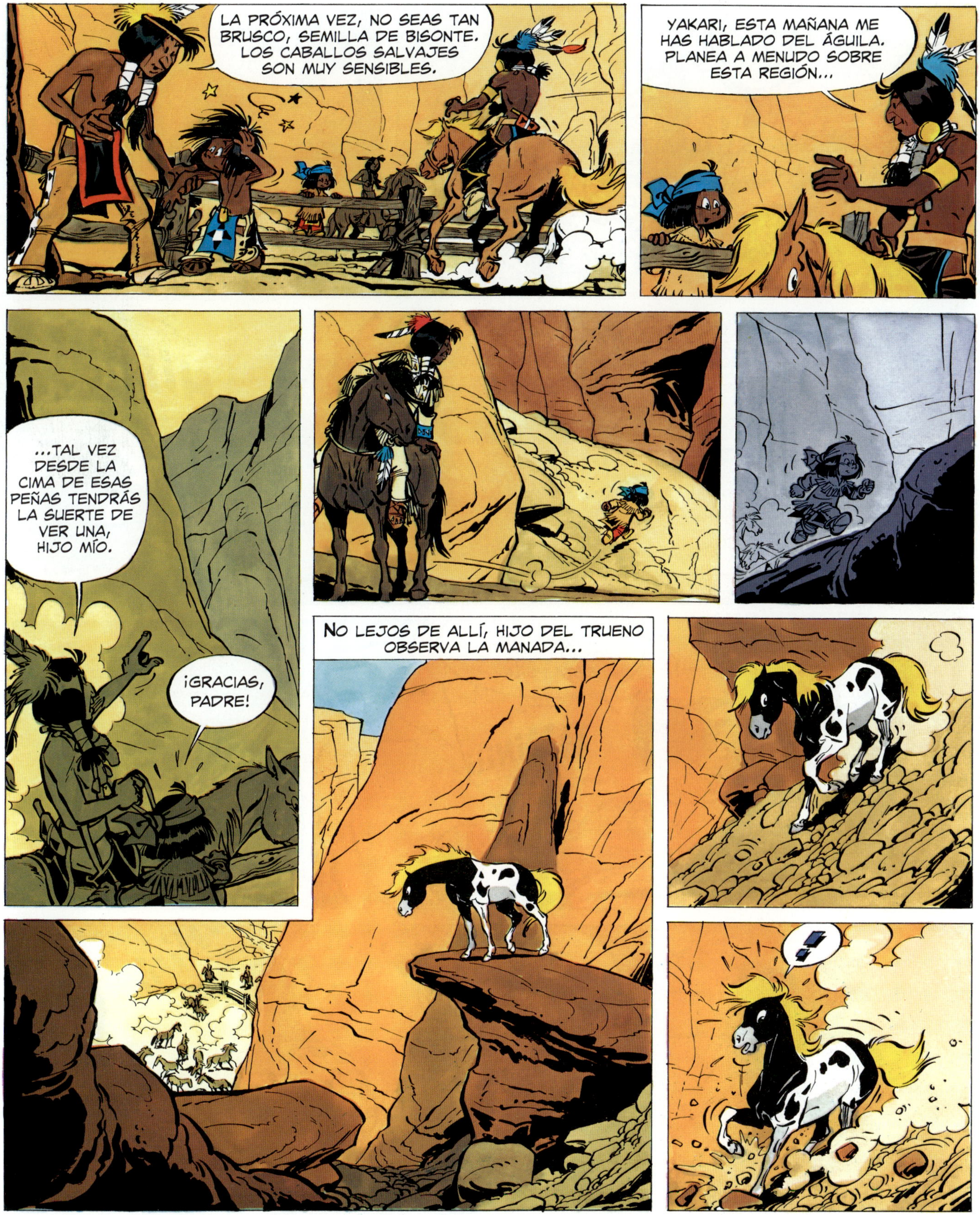
LA PRÓXIMA VEZ, NO SEAS TAN BRUSCO, SEMILLA DE BISONTE. LOS CABALLOS SALVAJES SON MUY SENSIBLES.
YAKARI, ESTA MAÑANA ME HAS HABLADO DEL ÁGUILA. PLANEA A MENUDO SOBRE ESTA REGIÓN...
...TAL VEZ DESDE LA CIMA DE ESAS PEÑAS TENDRÁS LA SUERTE DE VER UNA, HIJO MÍO.
¡GRACIAS, PADRE!
NO LEJOS DE ALLÍ, HIJO DEL TRUENO OBSERVA LA MANADA...

¡ESTA DEBE DE SER LA ALTURA ADECUADA!
SEGURO QUE GRAN ÁGUILA NO TIENE TANTO VÉRTIGO.
HIIIIHI
HIIII
ES EL RELINCHO DE UN CABALLO SALVAJE.
...VIENE DEL OTRO LADO DE ESTA PEÑA...
HIIIHIII
HIIIIHIII
HIIII

POBRE CABALLITO SALVAJE...
¡TE VOY A LIBERAR!
¡AHORA YA ESTÁS LIBRE!
!
PARECE COMO SI QUISIERA DARME LAS GRACIAS.
¡BUENOS DÍAS, YAKARI!

¡GRAN ÁGUILA! ¡Y NO SUEÑO!
SÍ, SOY REALMENTE YO.
ASÍ PUES, ¿HE CONSEGUIDO PARECERME A TI?
SÍ, YAKARI, Y APRECIO MUCHO LO QUE HAS HECHO. HAS SIDO VALIENTE CON EL PUMA, HAS OÍDO LOS GRITOS DEL CABALLITO, Y HAS SIDO MUY GENEROSO LIBERÁNDOLO...
¿ENTONCES ESTABAS AQUÍ, GRAN ÁGUILA?
YO NO TE ABANDONO NUNCA, YAKARI, PUES SOY TU TÓTEM, TU PROTECTOR...
¿DE VERDAD?
CIERRA LOS OJOS, YAKARI. TE VOY A DAR UNA MUESTRA DE LOS LAZOS QUE NOS UNEN ...

MIRA... ES MI PLUMA MÁS BONITA... GUÁRDALA.
¡OH! ¡IGUAL QUE LA DE MI SUEÑO!
TE ESPERAN OTRAS AVENTURAS. SIGUE IMITÁNDOME, YAKARI.
¡HASTA LA VISTA, GRAN ÁGUILA!
¡POR FIN ME PAREZCO A GRAN ÁGUILA!
ME QUEDA BIEN...
¡DIRÍA QUE MUY BIEN!
SU ASPECTO ES MÁS FIERO CON UNA PLUMA.

¡LES VOY A MOSTRAR ENSEGUIDA EL REGALO DE GRAN ÁGUILA!
!?
¡MIRAD!
?

YAKARI, ¿DE DÓNDE HAS COGIDO ESTA PLUMA?
¡ME LA HA DADO GRAN ÁGUILA!
¿QUIÉN?
MI AMIGA GRAN ÁGUILA, QUE ME HA IDO VISITANDO EN LOS SUEÑOS Y AHORA TAMBIÉN DE VERDAD.
LA IMAGINACIÓN DE TU HIJO GALOPA COMO UN ALOCADO CABALLO SALVAJE.
LOS QUE LLEVAN UNA PLUMA DE ÁGUILA TIENEN QUE HABER REALIZADO UNA PROEZA RECONOCIDA POR TODA LA TRIBU. TODAVÍA NO HAS HECHO NADA PARA MERECER UNA...
PERO GRAN ÁGUILA HA DICHO QUE LA TENGO PORQUE ME PAREZCO A ELLA...
¡DÁMELA!
YAKARI, TIENES QUE DORMIR. MAÑANA VOLVEREMOS A HABLAR DE ELLO...
ESA NOCHE...

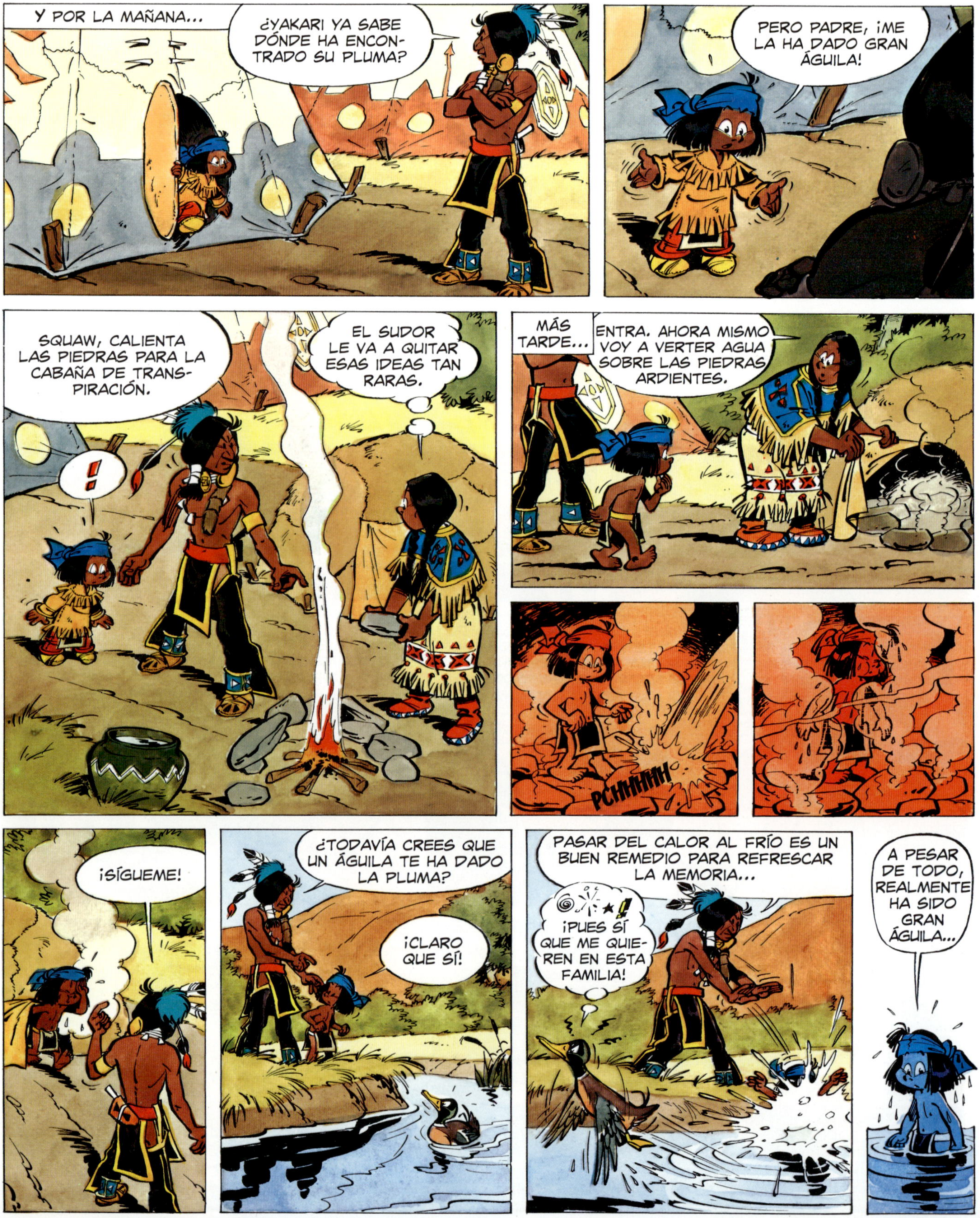
Y POR LA MAÑANA...
¿YAKARI YA SABE DÓNDE HA ENCONTRADO SU PLUMA?
PERO PADRE, ¡ME LA HA DADO GRAN ÁGUILA!
SQUAW, CALIENTA LAS PIEDRAS PARA LA CABAÑA DE TRANSPIRACIÓN.
!
EL SUDOR LE VA A QUITAR ESAS IDEAS TAN RARAS.
MÁS TARDE...
ENTRA. AHORA MISMO VOY A VERTER AGUA SOBRE LAS PIEDRAS ARDIENTES.
PCHHHHHH
¡SÍGUEME!
¿TODAVÍA CREES QUE UN ÁGUILA TE HA DADO LA PLUMA?
¡CLARO QUE SÍ!
PASAR DEL CALOR AL FRÍO ES UN BUEN REMEDIO PARA REFRESCAR LA MEMORIA...
¡PUES SÍ QUE ME QUIEREN EN ESTA FAMILIA!
A PESAR DE TODO, REALMENTE HA SIDO GRAN ÁGUILA...

LOS DÍAS PASAN, PERO YAKARI TIENE QUE RETENER SU SECRETO SOLO...
¿DE QUÉ SIRVE PARECERSE A GRAN ÁGUILA?
¡YO, QUE ERA TAN OSADO!
¿CUÁNDO ME VAN A CREER?
?
¿QUÉ LES SUCEDE A TODOS?
!
¡FUEGO!

EL FUEGO TAMBIÉN ESTÁ POR AQUÍ...
CRAAC
!!
¡¡EL FUEGO ESTÁ POR TODAS PARTES!!
¡SÍGUEME, YAKARI!
¡GRAN ÁGUILA!

¡TENGO MIEDO, GRAN ÁGUILA!
¡CONFÍA EN MÍ! ¡SOY TU PROTECTOR! ALGO NUEVO EMPIEZA PARA TI, YAKARI.

LLEGA LA NOCHE. ¡PAREMOS!
GRAN ÁGUILA, ¿PUEDES DECIRME POR QUÉ LOS DE LA TRIBU NO ME CREEN?
YAKARI, YA SABES QUE TODAVÍA TIENES QUE APRENDER MUCHAS COSAS... UN DÍA SERÁN ELLOS QUIENES TE DARAN LA PLUMA...
¿CÓMO? ¿ELLOS? ¿POR QUÉ?
PACIENCIA, YAKARI... AHORA DUERME. NOS ENTENDEREMOS, TÚ Y YO
MIENTRAS...
NINGÚN RASTRO DE TU HIJO...
VOLVAMOS AL CAMPAMENTO. A LO MEJOR YAKARI ESTARÁ ALLÍ...
A LA MAÑANA SIGUIENTE...
!
ÑAM
CRONCH

CRONCH
MIAM
CRONCH
MIAM
¡UF! ¡NO ME HA VISTO! ¡QUÉ DESPERTAR! ¡Y YO QUE CREÍA QUE VOLVERÍA A VER A GRAN ÁGUILA...!
EN ESTE PAÍS QUE NO CONOZCO...
?
...TENDRÉ QUE ARREGLÁRMELAS SOLO...
SNIF.
SNIF.
?

¿DÓNDE ESCONDERME?
¡DETRÁS DE ESE TRONCO!
SNIF
SNIF
SNIF
...¡VIENE DIRECTAMENTE HACIA MÍ!
SEGURO QUE ME VA A COMER...
?
¡MIAM!... ¡SLURP! ¡SLAP! ¡MIAM!

¡HA OLIDO VUESTRA MIEL!
¡MIAM!... ¡SLURP! ¡SLAP! ¡MIAM!
RRR...RRR... RRRON... RRON...
CREO QUE YA PUEDO SALIR...
ZZZ RRRR Z
ES MEJOR QUE NOS SEPARE UN RÍO...
¡ESTÁ LLENO DE PECES!
¡TENGO HAMBRE!

¡YA LO TENGO!
ZWIIIIP
!
PLUF
TENGO QUE MONTÁRMELO DE OTRA MANERA SI ES QUE HOY QUIERO COMER.
MÁS TARDE...
EL PRÓXIMO QUE PASE...
?

¿OTRO?
?
¿CÓMO PUEDE SER?
¡PERO SI ES EL OSO!
HE AQUÍ CÓMO ALIMENTA A SUS CACHORROS...
PAF
¡ESTO ME LO DEBÍA!

HAY DEMASIADOS OSOS POR ESTOS LUGARES. VOY A COMÉRMELO BIEN LEJOS...
¡AQUÍ ESTARÁ BIEN!
!?
OUOUOUOU WOUH WOU...
¡AULLIDOS DE LOBO!

¡NECESITO UN ESCONDRIJO!
WOUOUOUO
¿DÓNDE... DÓNDE ESTOY?...
...UNA TRAMPA PARA OSOS...
WOUOUOUO
¡¡EL LOBO!!

SNIF
SNIF
¿QUÉ VA A HACER AHORA?
SE ALEJA... EL AGUJERO ES DEMASIADO PROFUNDO PARA ÉL... ¡QUÉ SUERTE!
HE ENCONTRADO UN BUEN ESCONDRIJO. VOY A PASAR AQUÍ LA NOCHE.
POR LA MAÑANA...
¿CÓMO VOY A PODER SALIR DE AQUÍ?
¡PUES ESTA NO ES LA MEJOR MANERA!
A LO MEJOR CON ESTO...
¡HECHO!

¡QUÉ BOSQUE! ¡ESTA VEZ SÍ QUE ESTOY TOTALMENTE PERDIDO!
DESDE ALLÁ ARRIBA, ME PODRÉ ORIENTAR...
¡DESDE AQUÍ SE VE TODO!
VAYA... SE VE MUCHO POLVO ALLÁ ABAJO.
QUIZÁS SEAN HOMBRES...

SI FUERAN LOS DE MI TRIBU...
TENGO QUE SABERLO.
¿CÓMO ME LAS APAÑARÉ PARA ATRAVESARLO?
¡UN TRONCO!
¡LA NUBE VIENE HACIA EL RÍO!...
!

¡CABALLOS SALVAJES!
¡OH! ¡ES EL CABALLITO QUE SALVÉ!
SI PUDIESE CAPTURARLO...
?
¡VEN!
¡TOMA!
?

SERÁ MÍO CON UN POCO DE PACIENCIA...
...Y DE ASTUCIA...
MÁS TARDE...
YA SABÍA YO QUE VENDRÍA HACIA AQUÍ A BUSCAR SOMBRA.

EEEH!
¿DE VERDAD NO QUIERES SER MI AMIGO?
?
¿TU AMIGO? ¡HABERLO DICHO ANTES!...
!
¡TE ENTIENDO CUANDO HABLAS!
¡PUES CLARO! ¡SI YA ERA CAPAZ DE HABLAR CON GRAN ÁGUILA!
POR LO TANTO, SEGURAMENTE PUEDO HABLAR CON TODOS LOS ANIMALES...
TÚ Y YO NOS VAMOS A ENTENDER...

¿PUEDO MONTAR EN TU GRUPA?
DE ACUERDO, PERO SIN NINGÚN TIPO DE CUERDA EN LA BOCA. ¡ME GUSTA LA LIBERTAD!
SOLO TIENES QUE DECIR ADÓNDE QUIERES IR....
MI NOMBRE ES YAKARI, ¿Y EL TUYO?
LOS HOMBRES ME LLAMAN HIJO DEL TRUENO.
¿POR QUÉ?
¡CÓGETE BIEN, AHORA LO VAS A SABER!...

¡YA ESTÁ!
¡REALMENTE, ESTÁS LLENO DE FUEGO, COMO EL RELÁMPAGO!
¿ME PERMITES? LA HIERBA HUELE MUY BIEN AQUÍ.
YAKARI, JAMÁS OLVIDARÉ QUE ME LIBERARAS DE LAS ROCAS...
ESE FUE NUESTRO PRIMER ENCUENTRO, HIJO DEL TRUENO...
¡TE VOY A PRESENTAR A LOS CABALLOS SALVAJES!

¡ES MI AMIGO! ¡ES YAKARI!
¡PARECE MAJO!
HACEN UNA BONITA PAREJA...
¿NO TE IMPORTA TENER A ALGUIEN EN LA GRUPA?
¡YO PREFIERO ESTAR LIBRE!
TODAVÍA NO CONOCE LA AMISTAD...
Hiiiiiiiiii
¿QUÉ LES SUCEDE?

¿HAY ALGÚN PELIGRO?
ALLÁ ABAJO, DETRÁS DE LA CO- LINA... HAY HOMBRES...
¿HOMBRES? ¡VAYAMOS A VERLO!
¡OH!
¡ES MI TRIBU!

¡MIRAD, UN JINETE!
?
PERO... PERO...
¡ES YAKARI!
¡¿CON HIJO DEL TRUENO?!
MÁS TARDE...
¡TE CREÍAMOS PERDIDO Y VUELVES A LA TRIBU CABALGANDO A HIJO DEL TRUENO! ¡YAKARI, HAS REALIZADO UNA GRAN HAZAÑA!
¡TE MERECES TU PLUMA!
DERIB + JOB XI 1970
¡GRACIAS, PADRE!
GRAN ÁGUILA TENÍA RAZÓN. ¡SON ELLOS QUIENES ME LA HAN DADO!...
FIN

YAKARI

YAKARI Y EL BISONTE BLANCO

YAKARI
Y EL BISONTE BLANCO

¡CALENTÉMONOS, PUES!
¡CUIDADO, ES MUY ANCHO!
¿ACASO NO ME LLAMO HIJO DEL TRUENO?
¡!
¡UF, POR LOS PELOS!
EN ESTA ÉPOCA DEL AÑO YA NO TENDRÍA QUE HABER NIEVE...

MIENTRAS, EN EL CAMPAMENTO...
...VAYAMOS A BUSCARLOS... LOBO GRIS IRÁ DE EXPLORADOR...
¡HUGH!
¡HUGH!
¡HUGH!
¡HUGH!
¡HUGH!
SQUAW, DESMONTA LA TIENDA.
VAYÁMONOS HACIA EL SUR...
?

PADRE, ¿POR QUÉ NOS VAMOS?
YAKARI, NUESTROS VIENTRES TIENEN HAMBRE. EL VALIOSO PEMMICAN* VA HACIÉNDOSE ESCASO. HAY QUE IR AL ENCUENTRO DE LOS BISONTES.
*CARNE DE BISONTE SECA Y DESPUÉS DESMENUZADA...
LA TRIBU AVANZA LENTAMENTE POR LA PRADERA...

OJO DE BURBUJA NO ES UN CAZADOR DE VERDAD...
...POCO ARRANQUE TAMPOCO.
FLE-CHA DEL BOSQUE ES UN VERDADE-RO CAZA-DOR...
DIME, ¿ME DEJARÍAS MONTAR A HIJO DEL TRUENO?
PRUÉBALO, SEMILLA DE BISONTE...
YA-AA!

¡NO SABE TRATAR A LOS CABALLOS!
NO SABE HABLAR-LE....
ERES GUAPO, HIJO DEL TRUENO...
...Y FUERTE...
...TIENE QUE SER UN GRAN HONOR SENTARSE EN TU LOMO...
?!?
¿QUÉ TE PASA, HIJO DEL TRUENO?
¡LOS HE VISTO! ¡VUELVEN HACIA EL NORTE!

¡HE VISTO LOS BISONTES ALLÁ ABAJO, A UN DÍA A GALOPE!
¿CUÁNTOS HAY, LOBO GRIS?
...UNA MANADA INMENSA... LOS ANIMALES ESTÁN GORDOS Y SU PELAJE ES MUY TUPIDO...
¡GRACIAS A LOBO GRIS, NOS ESPERAN DÍAS MEJORES!
EL BISONTE ES UN DON DEL GRAN ESPÍRITU... WACONDAH LO HA CREADO PARA QUE ENTREGUE SU FUERZA A LOS HOMBRES...
¡ESTA NOCHE, LOS VALIENTES BAILAREMOS EN HONOR DEL BISONTE!

A LA MAÑANA SIGUIENTE, LOS HOMBRES SALEN DE CAZA.
¡DEJA QUE LOS MAYORES CACEN Y ACOMPÁÑAME A BUSCAR MADERA!
YO MIRARÉ POR ALLÍ...
Y YO COMO...
YO POR AQUÍ...
¡BUENOS DÍAS, YAKARI!

¡GRAN ÁGUILA!
EL INVIERNO ES LARGO PARA LOS SIOUX, YAKARI...
...¡Y FRÍO! YA VES, GRAN ÁGUI-LA. BUSCO MADERA PARA CALEN-TAR MI TIEN-DA...
YA LO SÉ... LA RUTA LES SERÁ DIFÍCIL...
...LOS HOMBRES HAN SALIDO ESTA MAÑANA A CAZAR EL BISONTE...
PERO ¿POR QUÉ?...
NOS VOLVERE-MOS A VER EN LA ARENA, YAKARI...
?
¿ESA ES TODA LA MADERA QUE HAS COGIDO?
HE RECIBIDO LA VISITA DE UN AMIGO...
¡SUEÑAS DEMA-SIADO!
¡COMO SI YO FUESE UNA MULA!

MIRA ALLÁ ABAJO... EL CIELO SE PONE GRIS... ¡AMENAZA TORMENTA!
LA CACERÍA DE BISONTES SERÁ DIFÍCIL...
LEJOS DEL CAMPAMENTO...
NOS ACERCAMOS...
PERO... SI LOS HE VISTO ALLÍ... IBAN PASANDO CERCA DE ESTE ÁRBOL...
SI LOS BISONTES HAN PASADO POR AQUÍ, TENDRÍAN QUE HABER DEJADO UN RASTRO.

LA FUERZA DE LA TEMPESTAD HA DEBIDO DE BORRAR SUS PISADAS...
BROOOMMM
WACONDAH ESTÁ ENFADADO. NO ES NINGÚN BUEN PRESAGIO PARA LA CAZA...

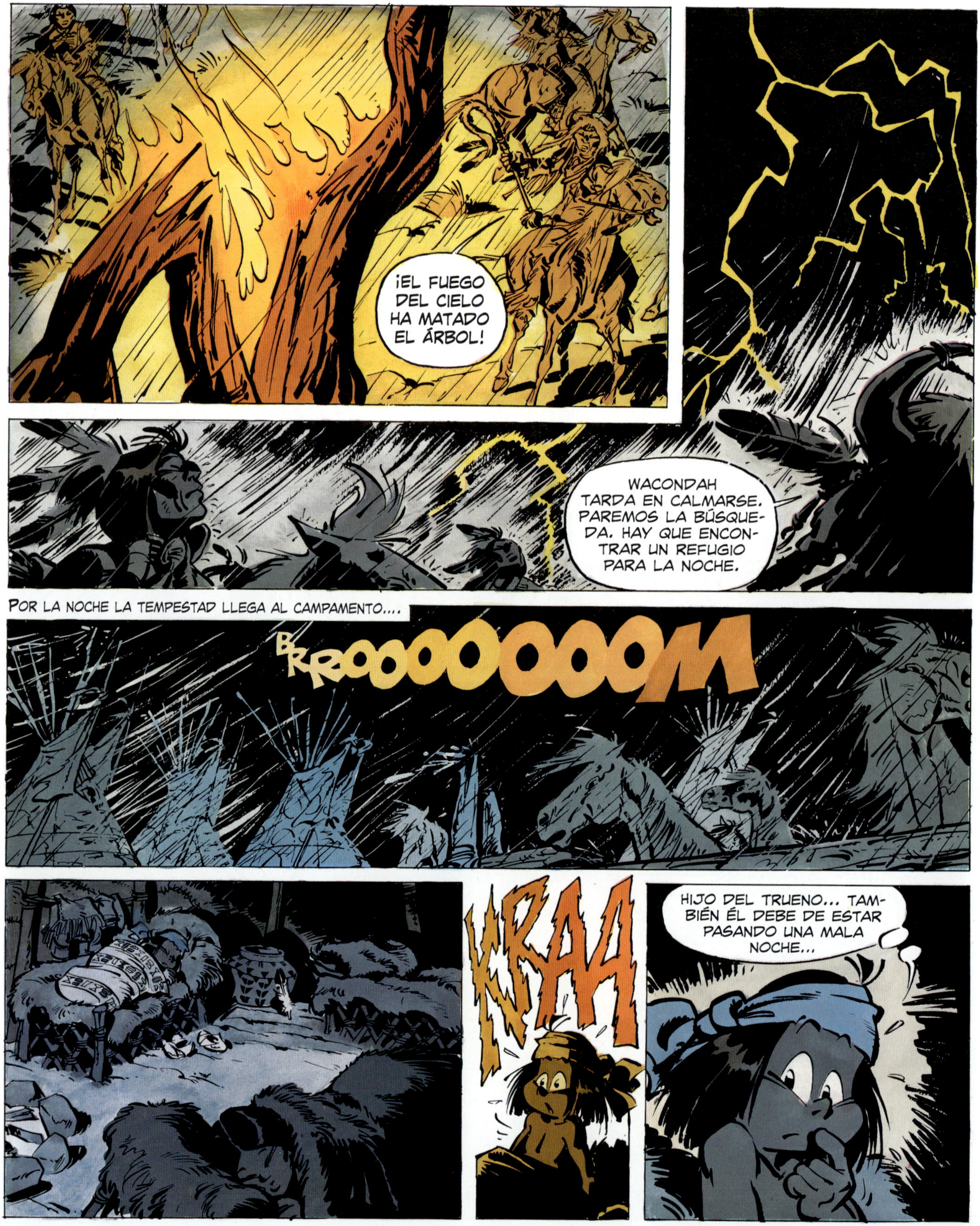
¡EL FUEGO DEL CIELO HA MATADO EL ÁRBOL!
WACONDAH TARDA EN CALMARSE. PAREMOS LA BÚSQUEDA. HAY QUE ENCONTRAR UN REFUGIO PARA LA NOCHE.
POR LA NOCHE LA TEMPESTAD LLEGA AL CAMPAMENTO....
BRROOOOOOOOM
KRAA
HIJO DEL TRUENO... TAMBIÉN ÉL DEBE DE ESTAR PASANDO UNA MALA NOCHE...

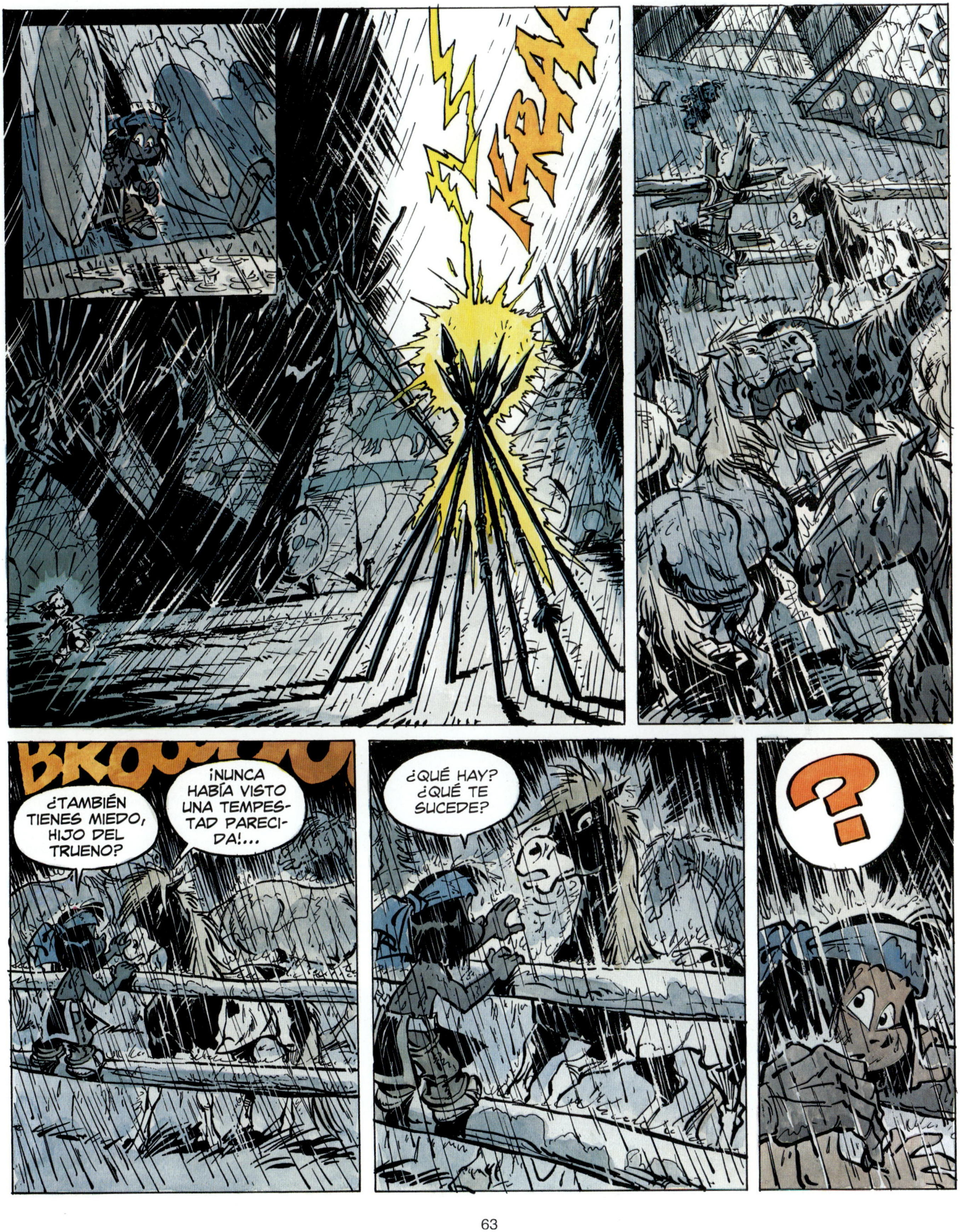

KRA
BROOO
¿TAMBIÉN TIENES MIEDO, HIJO DEL TRUENO?
¡NUNCA HABÍA VISTO UNA TEMPESTAD PARECIDA!...
¿QUÉ HAY? ¿QUÉ TE SUCEDE?
?

¡¿ROCA TRANQUILA?! ¿TAMBIÉN TE HA DESPERTADO EL TRUENO?
CUANDO LA VEJEZ LLEGA, EL SUEÑO SE VA...
¿Y NO TE DA MIEDO LA TEMPESTAD?
¡EL CIELO Y LA TIERRA SON NUESTROS AMIGOS, YAKARI!
A PESAR DE ELLO, SUFRO POR NUESTROS CAZADORES...
SUS PREOCUPACIONES HARÁN COMO LA NOCHE, SE MARCHARÁN...
LAS TINIEBLAS ENVUELVEN EL SUEÑO DE LOS CAZADORES.
LA TEMPESTAD SE VA A CALLAR... ¡AL FIN PODRÁS DORMIR, YAKARI!
CUANDO SEA MUY VIEJO, A MÍ TAMPOCO ME DARÁN MIEDO LOS TRUENOS...

LA LLUVIA DE DESPUÉS DE LA TEMPESTAD MECE EL DESCANSO DE YAKARI... SUEÑA QUE VA AVANZANDO CON HIJO DEL TRUENO...

¡OH! UNOS CUERNOS INMENSOS...

SOL... CALOR... CALOR...

¡TODOS NOS SIGUEN, HIJO DEL TRUENO!

ELLOS... ME VAN A APLAS-TAR.
¡¡YAKARI!!
¡DESPIÉRTATE, YAKARI! ¡EL SOL YA ESTÁ BIEN ALTO EN EL CIELO!
SOÑABA CON BISONTES...
TODA LA TRIBU PIENSA EN ELLOS.
DESDE EL ALBA, LOS CAZADORES ESTÁN REPARTIDOS EN GRUPOS DE EXPLORADORES...
MÁS ALLÁ... IMPOSIBLE... NO LOS VAMOS A ENCON-TRAR...
NO HAY MÁS HIER-BA...
ES EL DESIERTO...

NADA.
EXCEPTO LAS PISADAS DE LAS QUE HA HABLADO LOBO GRIS, TAMPOCO HEMOS VISTO NADA...
PERO, ¿DÓNDE HAN DESAPA-RECIDO?
HAY QUE ROGAR A WACONDAH QUE ACLARE ESTE MISTERIO...
LEJOS DE ALLÍ...
SUBAMOS ALLÁ ARRIBA...TAL VEZ VEAMOS A LOS CAZADORES...

¡ESPERA, YAKARI!
¿QUÉ HAY?
¿HACEMOS UNA CARRERA?
¡A VER QUIÉN ES EL PRIMERO QUE LLEGA ARRIBA!
UNO... DOS...
¡TRES!
YA-AA! YA-AA!
¡RÁPIDO! ¡PERO VE MÁS RÁPIDO!

¡HEMOS GANADO! ¡HEMOS GANADO!
TU TRUENO NO ES UN RELÁMPAGO...
¡HABRÍAS PODIDO IR MÁS DEPRISA, HIJO DELTRUENO!
CIERTO, PERO YO QUERÍA AGRADAR A ARCO IRIS...
¿VEIS ALGO?
NO, DEBEN DE ESTAR AÚN MÁS LEJOS....
¡OH! ¡ALLÁ ABAJO!

¿VES A LOS CAZADORES?
NO... NO...
...LOS CUERNOS DE MI SUEÑO...
¿LOS CUERNOS DE TU SUEÑO?
¡MIRAD ALLÁ ABAJO...!
EUH... ESTAS ROCAS... PARECEN CUERNOS...
¡ESTA NOCHE HE PASADO ENTRE ESTOS CUERNOS CON HIJO DEL TRUENO!...
¡AH!
¡DÉJALO, ARCO IRIS! NOSOTROS REGRESAMOS.
¡SUEÑAS DEMASIADO, DE VERDAD!
DE TODAS MANERAS, LOS CAZADORES NO HAN SEGUIDO ESA DIRECCIÓN...
¡EH, YAKARI!
HAY QUE IR, HIJO DEL TRUENO...

SON TAN GRANDES COMO LOS HE SOÑADO...
ES BONITO...
¡...PERO DELANTE DE NOSOTROS ESTÁ EL DESIERTO...!
24
YA LO SÉ, HIJO DEL TRUENO, ¡PERO TENEMOS QUE ATRAVESARLO!
¿POR QUÉ?
¡PARA HACER VOLVER A LOS BISONTES!
¿¿??

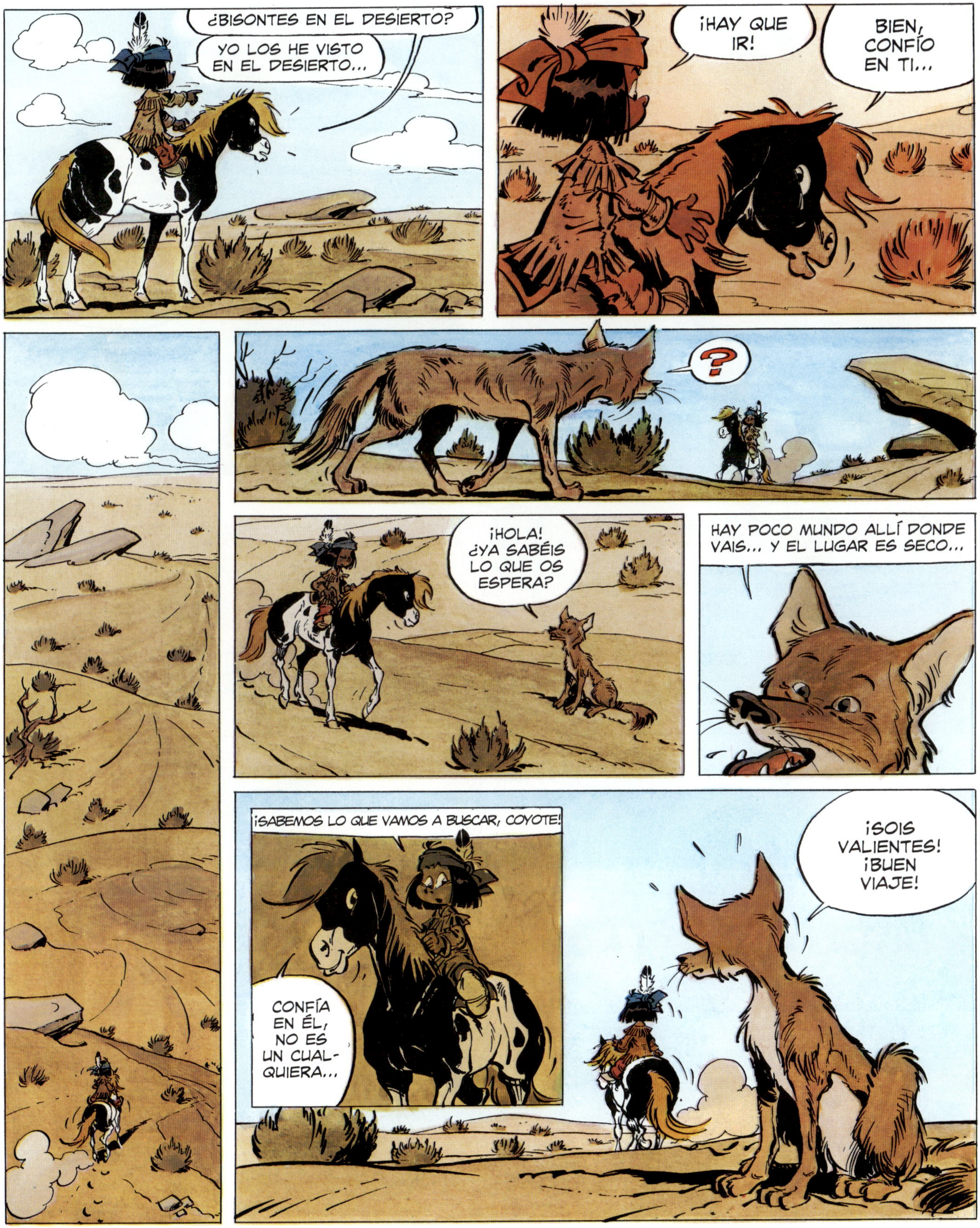
¿BISONTES EN EL DESIERTO?
YO LOS HE VISTO EN EL DESIERTO...
¡HAY QUE IR!
BIEN, CONFÍO EN TI...
?
¡HOLA! ¿YA SABÉIS LO QUE OS ESPERA?
HAY POCO MUNDO ALLÍ DONDE VAIS... Y EL LUGAR ES SECO...
¡SABEMOS LO QUE VAMOS A BUSCAR, COYOTE!
CONFÍA EN ÉL, NO ES UN CUALQUIERA...
¡SOIS VALIENTES! ¡BUEN VIAJE!

¡HACE CALOR, YAKARI!
YA LO SÉ, HIJO DEL TRUENO...
TENGO SED...
YO TAMBIÉN...

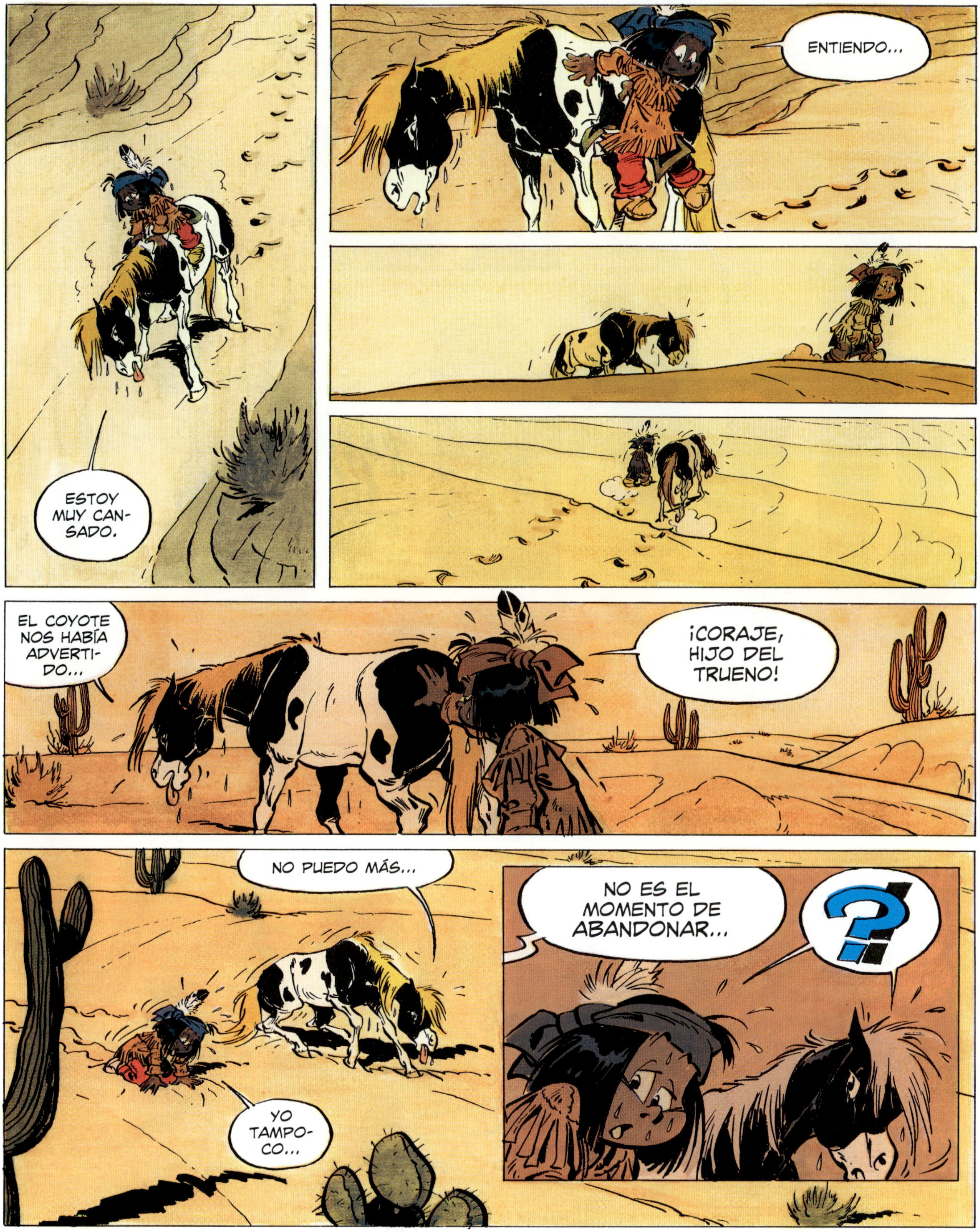

ESTOY MUY CANSADO.
ENTIENDO...
EL COYOTE NOS HABÍA ADVERTIDO...
¡CORAJE, HIJO DEL TRUENO!
NO PUEDO MÁS...
YO TAMPOCO...
NO ES EL MOMENTO DE ABANDONAR...
?!

¡OH, GRAN ÁGUILA, QUÉ CONTENTO ESTOY DE VOLVERTE A VER!
?
¡BUENOS DÍAS, HIJO DEL TRUENO!
¡AH! ¿TÚ ERES GRAN ÁGUILA? ¡YAKARI ME HA HABLADO A MENUDO DE TI!
YA VES, YAKARI... EN LA ARENA....
¡CON TODO, EN EL DESIERTO HAY AGUA!
SÍ, ¡Y MALDITA LA GRACIA!
¿EN ESTE CACTUS?
COGE EL PUÑAL Y CORTA TROZOS DE PULPA...
¡ESTÁ LLENA DE AGUA!
¡Y ES BUENA!
¡RECUPERAD FUERZAS!... VUESTRAS PENAS TODAVÍA NO HAN TERMINADO.
¡¡MMH!!

¿PERO ENCONTRAREMOS A LOS BISONTES, GRAN ÁGUILA?
MAÑANA VERÉIS....
EL MURO DE ROCAS SOLO ES UNA BARRERA, YAKARI. ¡HASTA OTRA!
¿QUÉ HA QUERIDO DECIR?
¡SIEMPRE SUCEDE LO MISMO CON GRAN ÁGUILA!
YAKARI E HIJO DEL TRUENO SE HUNDEN EN UNA NOCHE INSOMNE...
A LA MAÑANA SIGUIENTE...
EL DESIERTO NO ES SIEMPRE LLANO...
VALÍA LA PENA LLEGAR HASTA AQUÍ. ¡MIRA!...
¡¡EL MURO DE LOS PEÑASCOS!!

¡EN MI VIDA HE VISTO UN MURO TAN ALTO!
¡QUÉ MURALLA!
¿TÚ VES A LOS BISONTES?
NO, PERO CUANDO LE HABLÉ DE BISONTES, GRAN ÁGUILA HABLÓ DE PEÑASCOS.
...ENTONCES, PUEDE SER QUE ALLÁ ARRIBA...

¡AY,
SE VA A ROMPER LA CRISMA!...
IMPOSIBLE SUBIR MÁS ARRIBA... ¡ME BAJO!

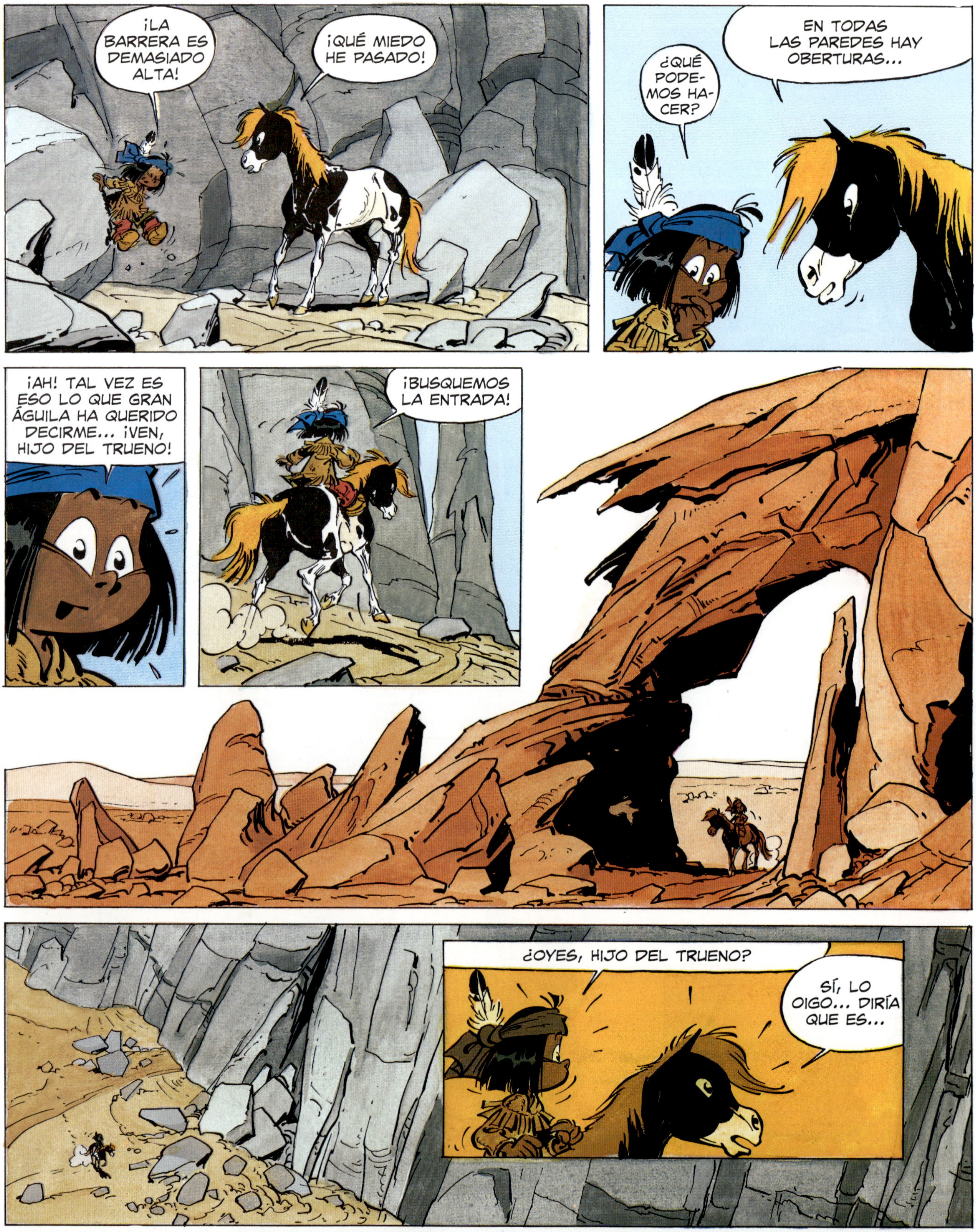
¡LA BARRERA ES DEMASIADO ALTA!
¡QUÉ MIEDO HE PASADO!
¿QUÉ PODEMOS HACER?
EN TODAS LAS PAREDES HAY OBERTURAS...
¡AH! TAL VEZ ES ESO LO QUE GRAN ÁGUILA HA QUERIDO DECIRME... ¡VEN, HIJO DEL TRUENO!
¡BUSQUEMOS LA ENTRADA!
¿OYES, HIJO DEL TRUENO?
SÍ, LO OIGO... DIRÍA QUE ES...

¡AGUA!
¡UNA CASCADA!
¡TODAVÍA SABE MEJOR QUE LA DEL CACTUS!
¡YA LO ENTIENDO!
¿ADÓNDE VAS?
¡SÍGUEME!

¡HE AQUÍ LA ENTRADA!
¡PASEMOS!
¡HIERBA!
¡MIRA, HIJO DEL TRUENO!

¡¡LOS BISONTES!!
EN MI SUEÑO HABÍA UN BISONTE DETRÁS DEL AGUA...
¡LO HAS ADIVINADO, YAKARI!

¡ACER-QUÉMO-NOS!
?
QUÉ GRANDES SON LOS BISON-TES...
PIEN-SO LO MISMO ...
!
¡¿QUE HACEN AQUÍ ESOS DOS?!

EJEM... EJEM... ES-TAMOS AQUÍ POR...
¡¡AQUÍ NO TENÉIS NADA QUE HACER!!
PERO...
¡MAR-CHAOS!
¿?
HIIIIIII

PAF
¡DECIDIDAMENTE, HOCICO NEGRO, NUNCA HAS TENIDO MUCHA PACIENCIA!
NO TEMAS, PEQUEÑO INDIO...
...SEGURO QUE NO HAS VENIDO PARA NADA...

¡VEN CONMIGO, PEQUEÑO INDIO!
ME LLAMO YAKARI.
MI REBAÑO ME LLAMA BISONTE BLANCO.
...¡EH, BIEN!
...ESTE HOMBRECITO Y SU CABALLO DEBEN DE SER MUY IMPORTANTES...
ESTO NO ME GUSTA NADA...
AQUÍ ESTAREMOS BIEN PARA HABLAR. PRUEBA ESTAS BAYAS. SON DELICIOSAS.
MI TRIBU TIENE HAMBRE, BISONTE BLANCO...
YA LO SÉ, YAKARI, LA PRIMAVERA HA TARDADO EN LLEGAR...
¿Y DÓNDE ENCONTRAREMOS ALGO PARA COMER SI TU REBAÑO SE QUEDA AQUÍ ESCONDIDO?

TÚ ERES EL PRIMER SER HUMANO QUE HA LLEGADO HASTA AQUÍ... NADIE MÁS DEBE CONOCER ESTE FÉRTIL LUGAR PERDIDO EN EL DESIERTO. HACE TIEMPO QUE LO DESCUBRÍ...
NOS REFUGIAMOS AQUÍ DURANTE NUESTRAS MIGRACIONES.
¿CUÁNDO SUBIRÉIS HACIA EL NORTE?
HOY, YAKARI. LOS HOMBRES NOS NECESITAN... HAY QUE IR A ENCONTRARLOS...
LOS MÁS DÉBILES DE LOS NUESTROS MORIRÁN, PERO YO SÉ QUE LOS CAZADORES DE VERDAD SOLO MATAN LOS BISONTES QUE SU TRIBU NECESITA.
SUBE SOBRE MI GRUPA, YAKARI. VOY A DIRIGIRME A ELLOS.
?

¡MIRAD!
¡ANDA!
?
¡ESCUCHADME TODOS! HA LLEGADO EL MOMENTO DE RETOMAR NUESTRO CAMINO...
¿POR QUÉ? ¡AQUÍ SE ESTÁ BIEN!
NO PODEMOS DESOBEDECER MUCHO TIEMPO MÁS LA LEY DE LAS ESTACIONES. YAKARI NOS RECUERDA QUE LA PRIMAVERA HA VUELTO....
ENTONCES, ¿NOS VAMOS POR SU CULPA?
NUESTRA ESTANCIA AQUÍ YA HA DURADO BASTANTE. AGRUPÉMONOS PARA LA SALIDA.
¡BISONTE BLANCO ES UN GRAN JEFE!...

¿QUÉ HACES?
HE LLEGADO CON HIJO DEL TRUENO Y REGRESO CON HIJO DEL TRUENO.
COMO EN MI SUEÑO, HIJO DEL TRUENO...
¡¡NOS SIGUEN TODOS!!

YAKARI, AQUÍ SE SEPARAN NUESTROS CAMINOS. VUELVE A TU TRIBU. NOSOTROS OBEDECEMOS A NUESTRO DESTINO.
¡ADIÓS, BISONTE BLANCO!
¡HASTA OTRA, PEQUEÑO SIOUX VALIENTE!
SI EL COYOTE SUPIESE QUE ENCONTRAMOS BISONTES EN SU DESIERTO....
!
¡LOS BISONTES! WACONDAH NOS HA ESCUCHADO.
¡¡POR FIN PODEMOS EMPEZAR LA CAZA!!

Los jinetes se lanzan hacia el rebaño escogiendo cada uno su presa. Los gritos de los hombres y el gruñido de los animales se alzan por la pradera....

YAKARI